YR UN OED Â BAWD FY NHROED

CERDDI LLOERIG

Yr un oed â bawd fy nhroed

Cerddi lloerig am y corff

golygydd: Myrddin ap Dafydd

Golygydd: Myrddin ap Dafydd

Argraffiad cyntaf: Mawrth 2006
Ail argraffiad: Ionawr 2010

Rhif Llyfr Safonol Rhyngwladol:
978-1-84527-032-2

Cynllun clawr a'r lluniau tu mewn: Siôn Morris

Argraffwyd a chyhoeddwyd gan Wasg Carreg Gwalch,
12 Iard yr Orsaf, Llanrwst, Dyffryn Conwy, LL26 OEH.
☏ 01492 642031
🖷 01492 641502
✉ llyfrau@carreg-gwalch.com
lle ar y we: www.carreg-gwalch.com

Cynnwys

Cyflwyniad

Gwrando ar dy galon yn curo. Gwna hynny mewn stafell dawel pan mae'r tŷ yn ddistaw. Mi all y curiad hwnnw feddiannu'r byd am ychydig funudau. Mae'r galon honno wedi curo ers cyn dy eni, pan oedd dy gorff o fewn corff dy fam.

Curiad y galon sy'n rhoi hoffter o rythm a sigl a churiad a mydr inni, medden nhw. Sylwch ar blant a phobol – mae'n anodd inni aros yn llonydd yn tydi? Tapio bysedd, nodio pen, siglo coes – rydym yn ymateb i rythmau'r byd o'n cwmpas drwy'r adeg.

Dyna sut y tyfodd barddoniaeth i roi gymaint o bleser inni – geiriau wedi'u gosod ar guriad arbennig, yn union fel curiad yr hen, hen galon honno. Beth well felly na chyfuno'r corff a barddoniaeth? A dyma hi'r gyfrol yn dy ddwylo. Mwynha!

Myrddin ap Dafydd

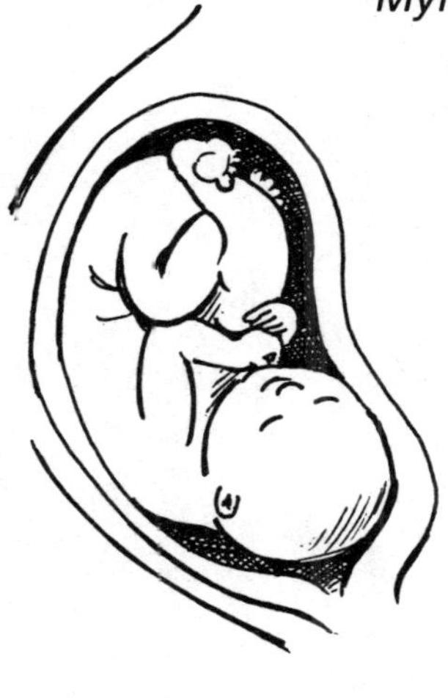

Hŷn na'i ddannedd

'Rwyf fi 'run oed â bawd fy nhroed
A 'chydig hŷn na 'nannedd.'
Fel yna clywais Taid erioed
Yn dweud ei oed; pa ryfedd
Mod i yn methu deall pam
Roedd Mam yn dweud y llynedd
Fod Taid yn ddigon drwg ei hwyl
Yn disgwyl am ei ddannedd?

Edgar Parry Williams

Curiad cariad

Curiad, curiad, cariad,
cerrynt yn y dŵr
yn cario, cario, cariad
yn deimlad saff a siŵr.

Curiad, curiad, cariad,
siglen araf, hir
carreg geirios, cariad
yn tyfu 'nghôl y tir.

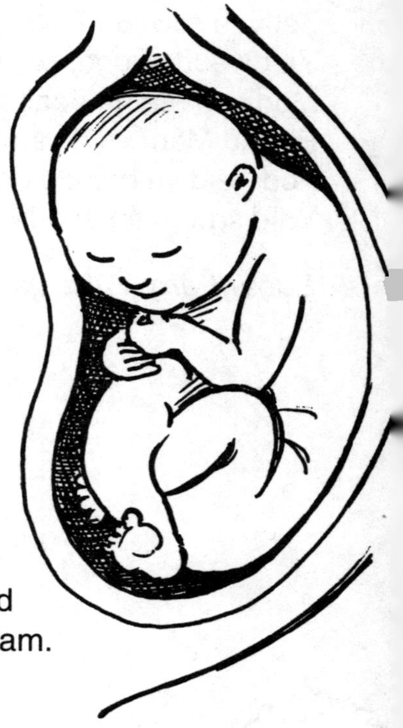

Curiad, curiad, cariad,
rhythm corsydd mawn,
cwrwgl afon, cariad
a'r lleuad bron yn llawn.

Curiad, curiad, cariad
y lli yn codi'n llam,
Cyrraedd, cyrraedd, cariad
yng nghoflaid breichiau Mam.

Myrddin ap Dafydd

Pwy ydw i?

Bach, diniwed ydi babi –
Mae o'n gynnes ac yn dew,
Trwyn smwt, pinc a cheg fel botwm
Ac mae'i gorun heb ddim blew.
Clustiau del 'run siâp â phasta,
Gwên a gwichian bob yn ail;
Mae ei ddwylo'n symud, symud
Fel 'tai'r gwynt yn siffrwd dail.
Traed bach roli-poli, meddal –
Cicio'r awyr yn llawn sbri;
Yna'n sydyn mae o'n cysgu!
. . . Unwaith, felna roeddwn i!

Dorothy Jones

Fy nghalon

Curo fel gordd wrth redeg,
Neu yn teimlo'n nerfus,
Distaw wrth imi gysgu,
Llam pan wyf yn gynhyrfus.

Brifo pan wyf yn siomedig,
Neu yn teimlo'n hiraethus,
Rhwygo pan wyf yn crio,
Dawnsio pan wyf yn hapus.

Bethan Non

Esgyrn

Mae gen i dros ddau gant
ohonynt, oes wir;
rhai mawr a rhai bychan,
rhai byr a rhai hir.
Pe bawn i heb rhain
mi faswn i'n ddigri
ac yn edrych yn debyg
i delpyn o jeli.

Valmai Williams

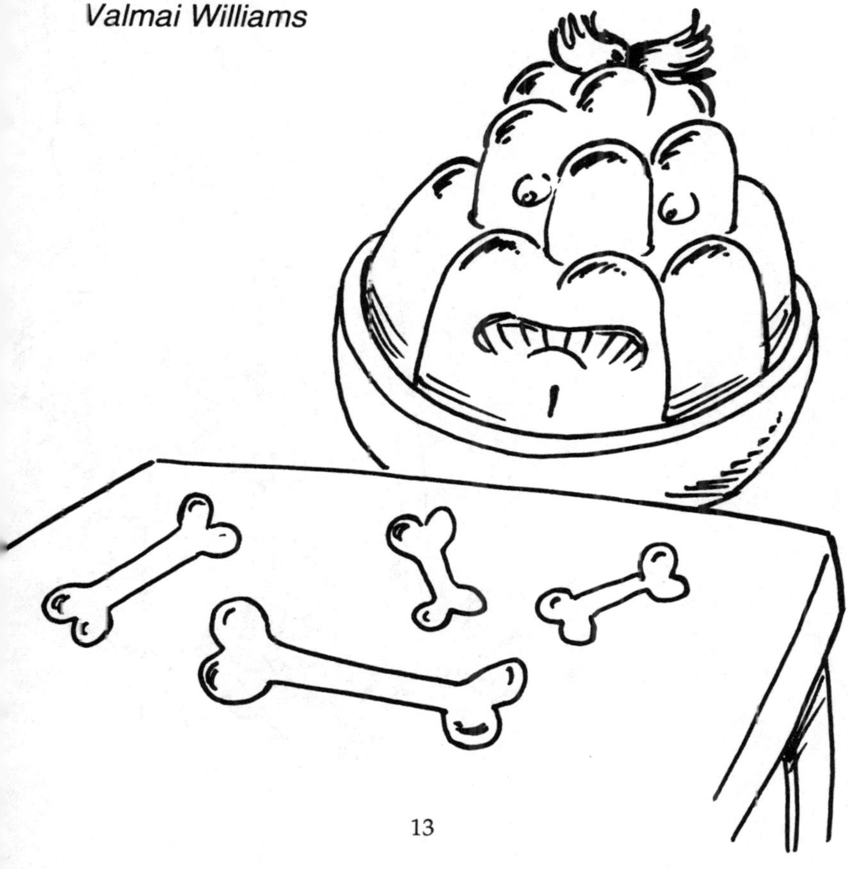

Cân i mi fy hun

Dwi'n canu cân i mi fy hun
O'm corun hyd fy sodlau;
Mae 'nghoesau'n fain fel rhai y frân
A'm gwallt fel gwyllt ganghennau;
Mae gen i drwyn yr Wyddfa draw,
A llygaid fel tylluan:
Er hyn, rwy'n drysor mwya'r byd
I Mam a mi fy hunan.

Gwyn Morgan

(Rhigwm i ddewis pwy sydd i fod yn arweinydd i gychwyn gêm ar fuarth yr ysgol. Mae'r dewiswr yn pwyntio'n rhythmig at bob plentyn yn ei dro dan adrodd y pennill yn sillafog, yn y dull sy'n arferol i rigymau o'r fath.)

Dewis pwy sydd i gychwyn

|Pwy sy'n |mynd i |ddechrau'r |gêm –
|corun, |talcen, |bochau, |gên,
|ysgwydd, |garddwrn, * |dau ben- |glin,
|dwy ben |elin, |TI 'DI'R |UN! . . . rhedwch! . . .

Ann (Bryniog) Davies

* Mae 'dwy ben-lin' yn gywir hefyd.

Sh! Bydd dawel! Mae gen i gyrn . . .

Mae carw
Yn codi drwy 'ngwallt i, ar fy marw –
Mae gen i gyrn yn fy mhen.

Rwy'n gorfod plygu wrth fynd drwy'r drws,
Rwy'n gorfod mynd mewn trelar tu ôl i'r bws ysgol,
Rwy'n gorfod symud fy ngwely bach tlws
A chysgu allan yn y cae yn nosweithiol:
Mae gen i gyrn yn fy mhen.

Mae gafr fynydd
Yn fy ymennydd;
Mae dafad gorniog
Yn tyfu drwy 'mhenglog,
Mae myharen
Yn fy nhalcen,
Mae *gazelle*
Rhwng fy nghlustiau bach, del –
Mae gen i gyrn yn fy mhen.

Felly bydd ddistaw, bydd dawel, bydd ofalus,
Pan fydd gen i gyrn, mi fyddaf beryglus,
Does dim gen i dwlcio'n erbyn carreg neu bren
Pan fydd gen i gyrn yn fy mhen.

Mae hefyd darw
Yn codi drwy 'ngwallt i, ar fy marw . . .

Myrddin ap Dafydd

Traed moch

Cannwyll fy llygad,
A 'mhen yn y gwynt;
Trwyn ar y maen
Er mwyn gorffen yn gynt;
Traed moch go iawn
Yw llanast di-raen,
Heb flewyn ar dafod
Yn blwmp ac yn blaen.
Rwy'n glustiau i gyd
Ac yn llygad fy lle,
Wedi cael llond bol,
Ac wyddoch chi be?
Mae chwarae â geiriau
Wedi mynd i 'ngwaed.
Peth rhyfedd yw iaith –
Rhaid hel fy nhraed!

Zohrah Evans

Fi

Pen, gwallt a thalcen,
Dau lygad, dwy foch,
Dwy glust, trwyn a thafod,
A dwy wefus goch.
Dwy ysgwydd, dwy gesail,
Brest, bol a chefn,
Dwy fraich, dwy law, bysedd
I gyd yn eu trefn.
Pen-ôl, coesau, dwy droed,
Rhannau di-ri . . .
Rhowch nhw i gyd at ei gilydd
A dyna i chi fi!

Ruth Pritchard

Gofal!

Sh!
aros funud.
Rho dy glust wrth y bocs
a gwranda, yn ddistaw bach
heb siw na miw.
Paid anadlu'n rhy drwm rhag ofn i ti ei ddychryn.
Sbecia i mewn drwy'r twll
i weld y trwyn bach pinc, gwlyb,
yn snwyro,
a'r llygaid mawr yn edrych yn syn
i dy rai di.
Bydd yn ofalus, ofalus, wrth agor y bocs,
wrth iti adael dy ffrind newydd yn rhydd.

Lis Jones

Fi ydi Fi

Gwallt fel Anti Jini
a thrwyn fel un fy nain,
gên fel Taid Sir Benfro,
na! does 'run o'r rhain
yn ddim byd tebyg imi,
nac oes, clywch da chi –
y Fi ydi Fi ydi Fi.

Gwên fel Wncwl Tomi,
bysedd fel rhai Mam.
Chlywais i'r fath rwdl
ac mi ddweda i pam.
Does neb yn debyg imi,
nac oes, clywch da chi –
y Fi ydi Fi ydi Fi.

Valmai Williams

Dyddiadur diwrnod

Chwyrnu, cysgu, oedi, codi.
Brysio, ffraeo, gwisgo, llowcio,
Rhuthro, syrthio, bron iawn yno.
Dysgu, sillafu, sgwennu, odli,
Arbrofi, lluosi, methu, diflasu,
Ymlacio, cinio, sglaffio, joio,
Rygbi, taflu, brasgamu, chwysu,
Taclo, cicio, finne'n sgorio!
Bloeddio, neidio, curo dwylo,
Heclo, dwrdio, paffio, prifathro,
Colli, cosbi, mwy o wersi,
Sgwennu a sgwennu, amser stori,
Canu, gwenu, gloch yn canu,
Rhuthro, gwibio, clwb sglefrolio,
Llwgu, gwgu, llyncu sbageti,
Teledu, ymolchi, bwydo'r babi,
Gwely, chwyrnu tan yfory!

Elen Rhys

Yn debyg i Dad

Mae pawb yn dweud
fy mod i yn
debyg i Dad.

Tebyg i Dad?
Petai hynny'n wir
mi fyddwn i
yn chwe troedfedd
a modfedd
ac yn medru
cyffwrdd nenfwd y lolfa
wrth ymestyn,
heb aros ar y soffa
(pan nad yw Mam yn edrych).

Mi fyddai gennyf fwstásh
fel hen frwsh dannedd
wedi gweld ei ddyddiau gorau
o dan fy nhrwyn,
a gwallt
fel mochyn daear
yn cysgu ar fy mhen!

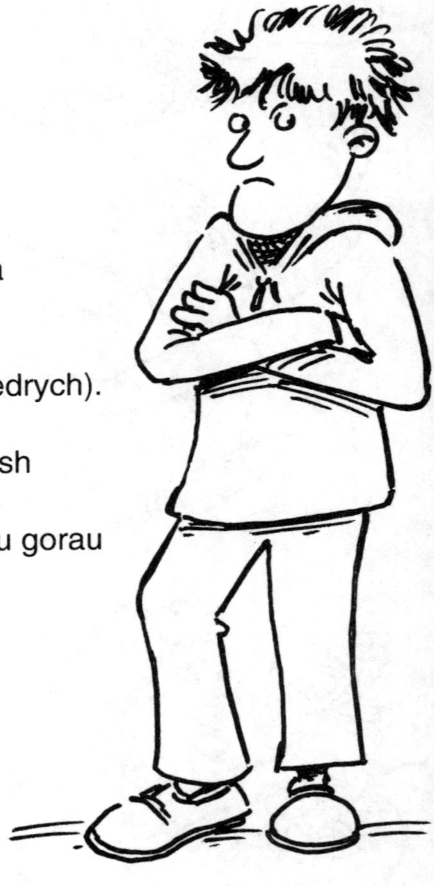

Byddai gennyf fol
sy'n pallu ffitio
cweit yn iawn
i mewn i'm jîns.

Mi fyddai gennyf ddwy droed
fel mecryll,
fel y ddwy hynny
sy'n dod i'r golwg
mewn sandalau bob haf.

Ni fyddwn i yn blino
tan ddeg o'r gloch bob nos,
ni fyddwn yn gorfod
gwisgo brês
am fy nannedd.

Tebyg i Dad?
Na . . .
ond
mi fyddwn i
yn glyfar
ac yn hwyl,
ac yn garedig,
gyda gwên
sy'n goleuo'r ystafell.

Mae pawb yn dweud
mod i yn
debyg i Dad.

Ruth Pritchard

Anti 'Ti 'di tyfu'

'Wel rargian ti 'di tyfu!'
Meddai Anti Nel 'tha fi,
'Dy goesa di 'di mystyn –
Ti'n fwy na Nain a fi!
Ble'r aeth y brychni, Brynach?
Y snot a'r trwsus bach?
Ti 'di sefyll mewn rhyw wrtaith?
Ne' 'di bod yn bwyta'n iach?'

'Wel oes 'na syndod?' meddwn,
'Mond deuddag oed o'n i
Tro dwytha i chi 'ngweld i –
Dwi nawr yn dri deg tri!'

Haf Roberts

Gyda llaw

Llaw'n sgrifennu, llaw'n mwyara,
Llaw'n dehongli dawns o India,
Llaw'n diferu o aur modrwyog
Neu law'n cardota am ddim ond ceiniog.

Dwylo celfydd yn gwneud gwaith cywrain,
Dwylo'n cadw trefn wrth arwain,
Dwylo'n estyn yn drugarog,
Ond dwylo dwyn yw dwylo blewog.

Rhai ymarferol yn newid teiar,
Rhai'n cyfathrebu gyda'r byddar,
Rhai clên yn ysgwyd llaw yn foesgar
Rhai'n codi dwrn yn hynod feiddgar.

Dwy law ystwyth, dwy law ddiffrwyth,
Dwy law'n c'nesu o flaen tanllwyth,
Rhai fel rhawiau, ond dwylo babi
Sy'n ddwy law ddel fel dwy law doli.

Dwylo prysur, dwylo segur,
Dwylo brysiog yn agor llythyr,
Rhai'n amyneddgar yn dangos gofal
Rhai'n ddi-feind fel dwylo fandal.

Dwylo brwd yn saethu ymateb
Yw'r dwylo'n yr awyr a ŵyr yr ateb,
Ond dwylo'n gollwng pethau'n sydyn
Yw'r rhai di-lun sy'n ddwylo menyn.

Ann (Bryniog) Davies

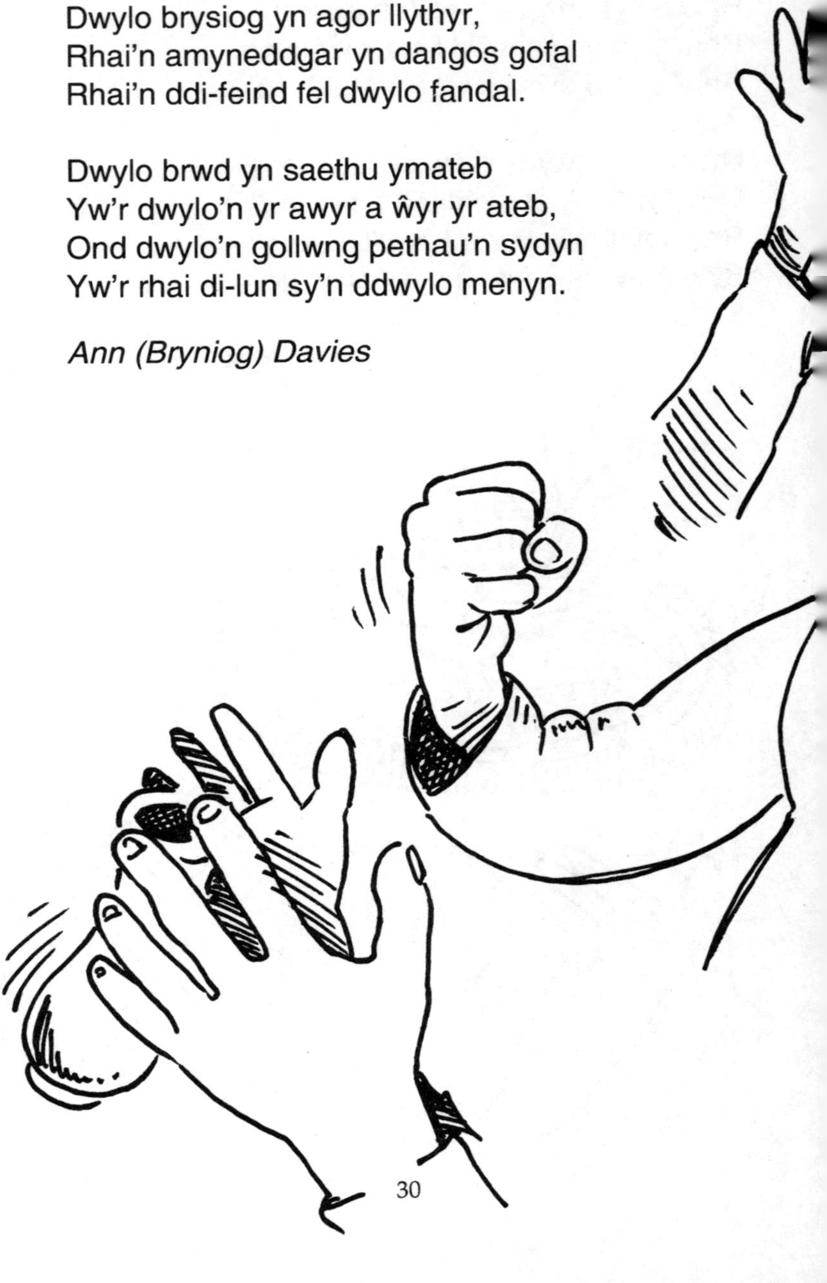

Druan o Miss!

Dwy glust a dau lygad,
Dannedd gwyn, trwyn a cheg
Gan bawb o'r disgyblion
Sydd ym mlwyddyn tri!
Ond hyn sy'n fy mhoeni –
Os yw pob un 'run fath,
Sut bydd Miss yn gwybod
Mai fi ydw i?

Dorothy Jones

Mae'n hyfryd, mae'n hwyl . . .

I nôl y peli snwcer o ben y goeden,
I nôl y siocled peryglus o'r silff uchel,
I ymestyn at bedal y brêc yn y car,
I ymestyn dros y llinell yn y ras wy-ar-lwy
I gael sylw yn y siop ffish-a-tships,
I gael sylw wrth gerdded i lawr y stryd,
I gadw'r tei mas o'r coco-pops,
I gadw'n heini, i edrych dros ben wal,
Mae'n hyfryd, mae'n hwyl bod yn dal.

Er mwyn cerdded mewn ogof dywyll,
Er mwyn osgoi pen mawr wrth godi o'r bync,
Er mwyn cael eich gwallt wedi'i dorri'n daclus,
Er mwyn cael tantryms tu ôl i'r soffa,
Er mwyn peidio cael cefn tost wrth blygu,
Er mwyn cael traed rhydd ar y swing,
Er mwyn cael traed cynnes yn y gwely,
Er mwyn cuddio mewn sach rhag gwinedd y wrach,
Mae'n hyfryd, mae'n hwyl bod yn fach.

Blwyddyn 3, Ysgol Pen-cae
yng nghwmni Myrddin ap Dafydd

Paid bod yn gas

Er 'mod i'n dew,
Dwi ddim yn fochyn;
Er 'mod i'n araf,
Dwi ddim yn dwpsyn;
Er 'mod i'n fyr,
Dwi ddim yn *titch*;
Er 'mod i'n glyfar,
Dwi ddim yn bitsh;
Er bod gen i wallt coch,
Dwi ddim yn *freak*;
Er nad ydw i'n athletwr,
Dwi ddim yn *geek*;
Er bod gen i sbectol,
Dwi ddim yn swot;
Felly paid bod yn gas,
Mae o'n brifo – *lot*.

Haf Roberts

Mae gwlân 'da fi yn nhwll fy mol

Mae gwlân 'da fi yn nhwll fy mol
A chŵyr yn nhro fy nghlustiau i;
Bawiach rhwng fy mysedd traed
On'd odw i'n greadur ych a fi?

Gwyn Morgan

Fy jig-so i

Cymysgedd ryfedd ydw i,
dwi'n hanner Mam
ac yn
hanner Dad.
Dwi'n chwarter Taid a chwarter Nain,
Mam-gu,
Tad-cu –
pob un o'r rhain!

Mae pobl weithiau'n dweud fel hyn:
'Rwyt fel dy dad,' gan syllu'n syn.
Ac yna, weithiau'n dweud mai Mam
a roddodd i mi ddannedd cam.

Yn ôl y sôn fe gefais i
drwyn pigog, bychan fy nhad-cu.
Ac ’wrth Mam-gu, diolch byth am hynny,
ces fop o wallt ar dop fy mhen i!

Ond yn y drych, pwy welaf i?
Nid Mam na Dad ac nid Tad-cu
nid Nain na Taid ac nid Mam-gu.
Y cyfan welaf i –
yw FI.

Aled Francis

Dim ond un

Mae llygaid glas yn nheulu Mam,
Mae teulu Dad yn fras eu cam,
Mae marc fy ngeni ar fy nghlun:
Dwi ond y dim yn ddim ond un.

Mae dillad tebyg lond y stryd,
Ffrogiau, clocsiau, hetiau'r byd,
Ond 'gen i 'mwclis i fy hun:
Dwi ond y dim yn ddim ond un.

Mae pawb yn tynnu lluniau braf
O'r haul ac awyr las yr haf,
Ond glaw sydd weithiau yn fy llun:
Dwi ond y dim yn ddim ond un.

Mae rhai yn chwyrnu cysgu’r nos,
Mewn cwsg, mae rhai’n rhoi gwên fach dlos,
Mi gysga innau ar ddi-hun:
Dwi ond y dim yn ddim ond un.

I’w rhannu y mae geiriau iaith
O geg i glust, ond ambell waith
Mae gen i iaith tu hwnt i ddyn:
Dwi ond y dim yn ddim ond un.

Mae gen i ffordd heb gysgod arni,
Mae gen i gân heb gytgan iddi,
Mae gen i’n ifanc, wyneb hŷn:
Dwi ond y dim yn ddim ond un.

Myrddin ap Dafydd

Agoriad llygad

‘Helô, Taid, fi sy ’ma.’

‘Dwi’n gwybod, Sam bach!
Dwi’n adnabod sŵn dy rediad
Ac yn adnabod tinc dy lais;
Dwi’n gweld dy wên yn dy chwerthin
Ac yn clywed y ras yn dy draed.’

‘Sut hynny, Taid?’

‘Mae person dall yn gweld pob dim, wel’di.’

Elen Rhys

Dwi'n beiriant bendigedig

Dwi'n beiriant bendigedig
Â meddwl miniog, chwim;
Llygaid fel y barcud craff
Breichiau cryf – i'r dim.
Mae 'nghlyw yn well nag unrhyw gi,
Mae gen i goesau llo;
Mae gen i gorff fel arth go iawn –
Does neb fel fi, y sbo?

Gwyn Morgan

Y rhechgi

Mae cradur bychan rhyfedd
Yn byw yn ein tŷ ni,
Mae'n gwbl anweladwy
Ond mae o'n un bach hy
Ac er nad ŷn ni'n gweled
Y cradur bychan hwn,
Mae ôl ei ymddangosiad
Yn para yma'n drwm.

Mae weithiau yn y gegin,
Yn aml dan y bwrdd;
Ma'i sawr e yn y toilet –
Bu unwaith yn y cwrdd;
Mae'n ogla'n od, fel bresych,
Ac weithiau fel caws hen –
'Sdim ots pwy yw'r perchennog,
Dyw'r rhechgi ddim yn glên.

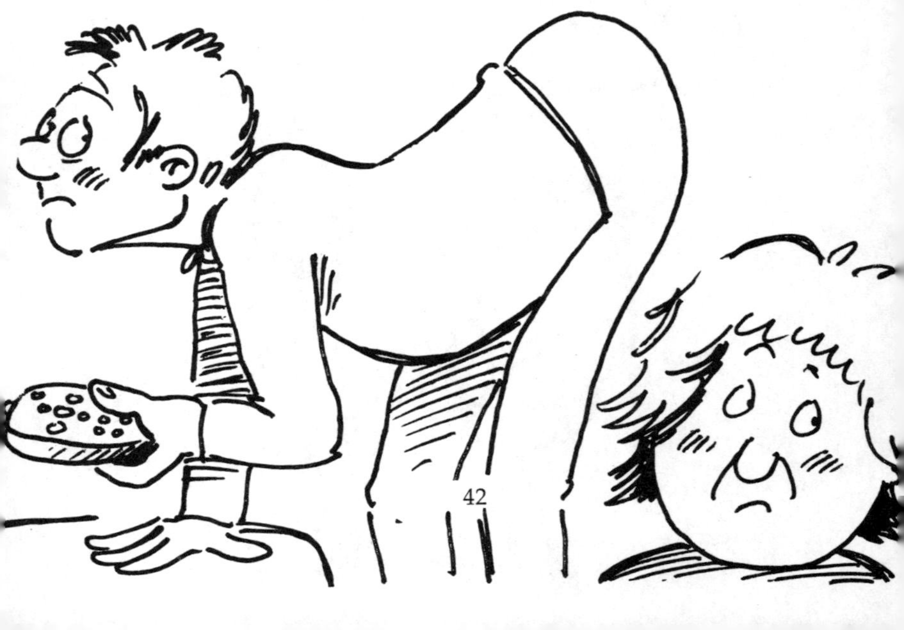

Fe ddaeth yn ddiarwybod
I'r theatr gyda ni –
O dan ein sêt gorffwysodd
Yn chwyrnu fel hen gi;
Mae'n hoffi mynd am dripiau
Mewn car neu yn y bws –
Fe biciodd mas am ennyd
Yn ystod ambell sws!

Mae'n gallu bod yn swnllyd,
Mae'n gallu bod yn fud;
Gall weithiau ddod heb sylw,
Gall weithiau gostio'n ddrud.
Mae pawb yn gwadu'n amal
Nad nhw sydd berchen ef,
Ond mae e'n dilyn pobun
O gwmpas rownd y lle.

Gwenno Dafydd

Ti’n troi i fod yr hyn ti’n gnoi

Tair awr ar y lôn fawr
Ac mae’r pedwar bol yn gwneud sŵn fel cawr
traed trwm –
Bwr-lẃm, bwr-lẃm, bwr-lẃm, bwr-lẃm;
Pawb yn cytuno ein bod ni’n stopio
Yn y lle nesa am damaid o ginio.

Dacw fwyd ar y gorwel, clamp o gwt coch,
Lluniau anferth o wyau a chig moch,
A llythrennau melyn yn dy lygaid yn gweiddi:
‘Mae popeth yma yn iymi-iymi –
Os wyt ti’n pasio, mi rwyt ti’n ddymi

Mae Dad yn arafu a Mam yn galaru
'O! am fwyd cartre wrth deithio'r lôn,
Sothach a sgrwtsh, dyna gawn ni'n y bôn,
Ond cofiwch: dim nygets, dim byrgyrs,
    dim cibábs troed eliffant –
Does dim yn y rheiny ond esgyrn,
    braster a chroen a stwnshant –
Dim diodydd ffisssi, dim hufen iâ twyrli.
Dim surap stici, na nionod cyrli.
Mae mwy i fwyd na llenwi bol – does dim osgoi:
Ti'n troi i fod yr hyn ti'n gnoi.'

Pan ddaw'r llanc efo'r papur a phensel at y bwrdd
Mae llygaid Mam a'i lygaid yntau yn cwrdd.
'Gan ba gigydd lleol y prynwch eich sosejys?
Ydi'r mins yn gig cant y cant yn eich boloneisys?
Ydi'ch pizzas wedi'u dadmer o'r rhew?
Fydd eich *Chef Specials* yn ein gwneud yn dew?
Oes 'na siwgwr yn eich sudd?
Oes 'na ychwanegion cudd?'

Taten bôb i bawb ydi diwedd y gân
Ac mi fwytwn ni'r croen a'r cyfan yn lân.
A dyma'r llanc yn dweud, 'Wel am blant ffantastig!
Am beidio gwastraffu, mae 'na wobr arbennig –
Ewch at y bwced a llenwch eich pocedi,
Lolipops, ffrŵt-drops, creision, bisgedi . . . '

Tawel yw Mam wrth ailddechrau teithio.
Dydi'r polisi 'be ti'n gnoi' ddim cweit wedi gweithio.
Ac mae'r Bach yn gweiddi drwy ei fochau bodlon
Sy'n goch a gwyrdd stici ac yn siocled a chreision:
'Edrych, Mam! Mae 'ngwyneb i'n troi'n lolipop yn barod!'
Dydi'r Bach ddim yn enwog yn tŷ ni am atal ei dafod.

Myrddin ap Dafydd

Sws

Pan mae Nain yn dod
I aros gyda ni,
Mae'n rhoi swsus mawr
Ar fy mochau i.

'Dwi'n wyth mlwydd oed.
Dydy bechgyn fel fi
Ddim yn hoffi cael swsus,'
Meddwn i wrthi hi.

Dwi'n sychu'r swsus
Â chefn fy llaw,
Ac esgus eu taflu
I ganol y baw.

Ond, yn ddistaw bach,
Dwi'n teimlo'n braf.
Mae swsus Nain
Fel eiliadau o haf.

Zohrah Evans

Trwynau

Dyna ryfeddod yw trwynau –
Rhai yn reit fawr, rhai yn fach,
Rhai yn fflat fel un mochyn,
Ac eraill yn bigog fel gwrach.
Rhai yn dwt-bwt fel cwningen,
Ambell un fel Pinocio yn hir,
Rhai yn ddi-siâp fel un paffiwr;
Rhyfeddod yw trwynau, yn wir!

Dyna rai clyfar yw trwynau –
Wrth eu chwythu cewch sŵn fel trombôn,
Mae'n ddelfrydol eu cael mewn sioe flodau
Ac i ddal lan eich sbectol, tewch sôn!
Mae trwynau yn medru rhoi gwybod
Pryd yn union y mae'n amser te;
Ond mwyaf rhyfedd a chlyfar am drwynau –
Medrant redeg heb symud o'r lle!

Ruth Pritchard

Gwên yn y meddwl . . .

Yn y meddwl
mae meddyliau da
yn peintio gwên
ar wyneb.

Gwên sy'n goleuo'r llygaid
yn fflachiadau direidi,
gwên sy'n cracio gruddiau'n
ddawns ysgafn
o belydrau llawenydd.

Gwên sy'n wincio chwerthin
ar allweddellau'r dannedd
wrth anwesu gwefusau
yn batrwm
o rychau cyfeillgarwch –
fel tonnau mân
yn pefrio yn yr haul
wrth gerfio'u
tincial ar y tywod . .

Gwên yw caredigrwydd,
gwên yw cydymdeimlad a chyfaddawd.
Gwên yw tosturi
a thynerwch,
gwên yw heddwch –
a doniolwch.

Gwên yn y meddwl
yw balm byd.

Rhowch wên ar eich wyneb.

Emyr Hywel

Corff Cymru

Pencaenewydd, Troedrhiwdalar,
Pont-y-clun a Rhos-y-bol.
Ysgwydd Hwch a Thrwyn Llanbedrog,
Llanfihangel Genau'r-glyn.
Troed-yr-aur a Bro Penegoes,
Cawn Bronaber a Thŷ Crwyn.
Llan-y-cefn a Llanaelhaearn,
Trwyn-y-grolech a Braich Goch.
Clywsom hefyd am Berfeddwlad
A Phontmwnwgl-y-llyn.
. . . Faint o rannau'r corff sy'n cuddio
Rywle'n y llinellau hyn?

Chwiliwch Gymru o'r Gogledd i'r De –
Oes mwy o rannau'r corff hyd y lle?

Dorothy Jones

Lladron

Bawd yn codi –
popeth yn dda,
bys yr uwd yn dangos
ble mae'r tun da-da,
hirfys a chwtfys a lleidr bach
yn gwybod am y peryg, gwybod y bydd strach.
Pum bys barus
yn neidio mewn i'r tun,
bachu llond llaw a gafael ynddo'n dynn.

Lis Jones

Rhy fach

Mae gen i ddilledyn yng ngwaelod fy nrôr
nad yw bellach yn fy ffitio i;
ac er nad wy'n hoffi cyfaddef wrth bawb,
hwn yw fy ffefryn i.

Mae'n ddilledyn a wisgwn pan o'n i'n lot iau –
mae o bellach yn llawer rhy fach.
Fe achosodd hyn, rhwng Mam a fi,
anghytuno, strancio a strach.

Oherwydd fe benderfynodd hi
mai peth da fyddai bod yn hael,
a rhoi fy hen ddillad i Siop Elusen
er mwyn i rywun *arall!* eu cael.

Ond pan ddois i i ddeall fod yn rhaid i mi
ffarwelio â'm hoff ddilledyn,
protestiais yn daer, fe wnes i big cam,
a daeth dagrau i'm llygaid i wedyn.

A dyna i chi pam fod Mam yn deud
'mod i'n sentimental a digri,
a bod gen i ddilledyn reit yng ngwaelod fy nrôr
sy'n rhy fach . . . ond *dwi'n* ei drysori.

Ann (Bryniog) Davies

Paid

‘Paid â chyffwrdd yn y sosban boeth,
Mi losgi dy fysedd, ’di o ddim yn beth doeth.’
AWTSH!

‘Paid â rhoi dy fys mewn socet,
Mae peryg i ti saethu i’r awyr fel rocet.’
WYSH!

‘Paid â rhoi cerrig yng nghlustiau’r ci,
Mae’r mwngrel blin yn siŵr o’th frathu di.’
GRRR!

‘Paid â chwerthin yn capel wrth ddweud dy adnod,
Plant drwg sy’n gneud hynny, ma’n andros o “bechod”.’
HI HI HI!

‘Paid â bwyta’r siocledi sydd dan y gwely,
Dwi’n eu cadw nhw’n anrheg i dy fam at fory.’
IYMI!

‘Paid â gyrru’r car yn un ar ddeg oed,
Mi ei di ar dy ben i’r coed.’
CRASH!

Tasa Dad ddim ’di deud
’Swn i’m ’di meddwl gneud!

Haf Roberts

Gwirion hen

'A beth wnei di 'rôl tyfu
Yn fawr,' yw'r cwestiwn sydd
Yn cael ei ofyn imi
Gan rywun hen bob dydd.

'Does gennyf fi ddim syniad
O gwbl,' fydda i'n ddweud.
'Mi hoffwn i gael gwybod
Beth fyddwch chi'n ei wneud?'

Edgar Parry Williams

Teimlo’n sâl

Plastar ar ben-glin
A dolur ar fy moch;
Pigyn yn fy nghlust
A’r llais yn groch.

Clais ar fy nhalcen
A chrafiad ar fy nghoes;
Briw ar fy mys –
Rwyf wedi cael loes.

Smotiau ar fy mol
A ’mrest yn dynn;
Fedra ’im mynd i’r ysgol
Yn teimlo fel hyn.

‘Ga’ i aros adre?’
Gofynnais i Mam ben bore.
‘Na chei, wir. Mae gen ti brawf.
Dos i’r ysgol a gwna dy ore.’

Zohrah Evans

Tipyn o liw

Bag mêc-yp Mam!
Sbec *bach*, rydw i'n addo,
i weld pa fath o bethau sydd ynddo.

Lipstig piws!
Www . . . dria i hwn
ac mi sbia i ar fy llun â 'ngheg i'n siâp crwn.

Waw! Dyma beth neis:
lliw coch ar fy mochau
a jeli gwyrddlas i'w roi ar fy aeliau.

Mmm! Be 'di nacw?
Rhyw ffon fach gron
a rhyw slwtsh du reit ar ei hyd hi, bron.

O! Wn i be 'di o,
'Sdim rhaid i chi ddeud –
dach chi'n 'i frwsio fo ar 'ch llyg'id . . . fel *hyn* ma' gneud.

Wps-a-dês! Be 'nes i?
Dwi'n edrych fel gwrach!
'Na i 'i sychu fo o'na. Am strach, bobol bach!

Ma'r lliain 'ma'n *ddu*!
Mi dria i ddŵr.
Be 'di *water-proof mascara?* . . . Na, dw inna'm yn siŵr.

Sh! Mam! . . . 'Lle *rwyt* ti?
Dwi'n disgwyl ers *meitin*!
Mae'n *hen* bryd i ni gychwyn am yr Ysgol Feithrin!'

Ann (Bryniog) Davies

Dydi Mam ddim yn dallt!

Ydi, mae'n bwrw eira –
Dwi'n gaddo gwisgo cap,
Er bod hi'n ganol gaeaf
Bydd gwanwyn yma chwap
– Does 'na neb yn gwisgo fest!

Gorffennais fy ngwaith cartref
(Cymerodd bron ddwy awr),
Mae 'nghit pêl-droed i'n barod,
Ymarfer piano nawr!
– Ond dwi ddim am wisgo fest

Mi dria i fwyta brocli,
Mi dria i ddiodde'r ci
A chadw'r llofft yn daclus,
Mam – unrhyw beth i chi!
– Os ca' i beidio gwisgo fest!

Mae'n dal i chwipio rhewi
A'r hogia'n mynd i'r dre,
Dwi'n gwisgo crys-T oren
Mi fydda i'n ocê!
O ia, Mam,
– Dwi'n methu ffeindio'r fest!

Dorothy Jones

Wyt ti'n hoffi'r sŵn?

Beth glywi di wrth eistedd
wrth ddrws dy dŷ ar ddydd o haf?
Glywi di'r eithin yn clecian
a'r adar yn canu'n braf?
Neu wyt ti, fel fi, yn clywed
peiriannau yn pasio'n un rhes,
lorïau fel storm yn y pellter,
yn rhuo wrth ddod yn nes.
Y jac codi baw yn tuchan
wrth godi ei lwyth mawr trwm,
dril dyllu yn gyrru'r cymdogion o'u co',
a'r tampiwr yn powndio fel drwm?
A'r gweithwyr yn gweiddi
'Sut wyt ti?'
A chodi bawd a rhoi gwên.
Gyrrwr lorri fydda inna rhyw ddiwrnod
pan fydda i'n ddigon hen.

Lis Jones

Gordyfu

Codi'n fore, teimlo'n drwm,
syrthio dros ei drwyn – bwm! bwm!
Rhuthro i edrych ar ei hun
yn y drych, wel dyna lun.
Lle bu trwyn bach smwt, yn awr
roedd o'n cyrraedd at y llawr.
Tyfu, tyfu yn ddi-baid,
tyfu, tyfu nes bod rhaid
agor drws y cefn er mwyn
gwneud ffordd glir drwy'r ardd i'r trwyn.
Pawb yn chwerthin, pwyntio bys,
yntau'r crwt yn dalp o chwys.
Roedd o'n werth ei weld yn wir,
gwell nag unrhyw sioe'n y sir.

Beth oedd achos hyn i gyd,
a pham fod y trwyn cyhyd?
Trowch at stori'r Hogyn Pren –
cewch yr ateb ar ei ben.

Valmai Williams

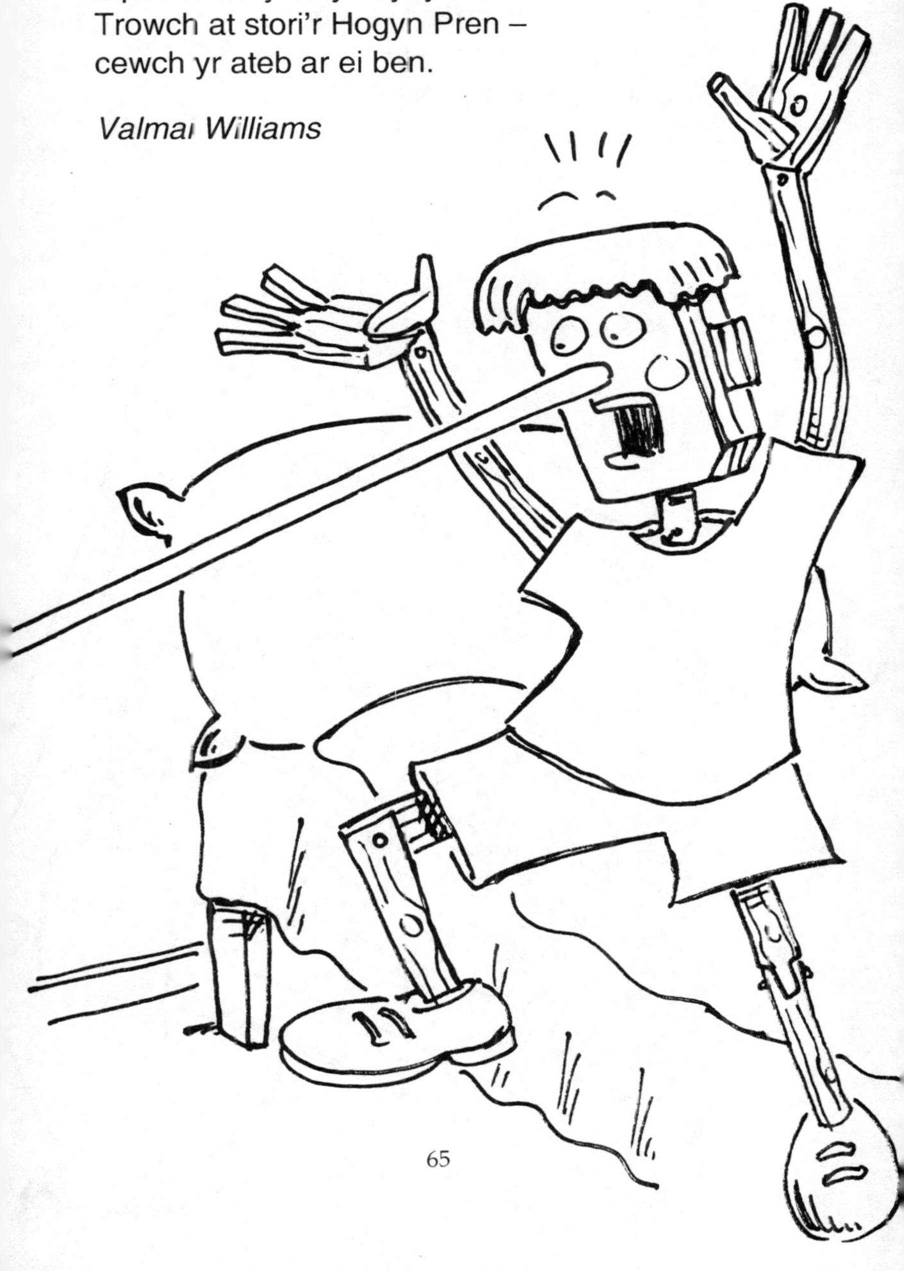

’Run fath â’r gweddill

Dyma fy llun yn y dosbarth meithrin –
Bochau coch a choesau pwt,
Crys-T Sam Tân a sandals lliwgar,
Gwên fel haul a chyrls bach twt.

A dyma fi yn y dosbarth uchaf –
Pwy sydd isio bod yn ddel?
Trênyrs seis pump a choesau hirion;
Sbio’n flin, a ’ngwallt yn jél.

Welais i mo 'nghoesau'n newid,
Sut yr aeth fy nhraed mor fawr?
Pryd byddan nhw yn stopio tyfu?
. . . Falle bydda i yn gawr!

Dwi ddim am fod yn gawr na chorrach –
Plant yn pwyntio bys o hyd;
Os nad wyf i 'run fath â'r gweddill
Cha' i ddim chwarae na dim byd.

Dorothy Jones

Persi

Mae aelod o fy nheulu
Yn rhyfedd, welwch chi –
Mae pig a phlu gan Persi,
Fy mhengwin annwyl i.

Mae Persi'r pengwin bychan
'Run oed â bawd fy nhroed;
A fe yw'r ffrind ffyddlona
A gefais i erioed.

Cyrhaeddodd Persi'r pengwin
'Run dydd â mi i'r byd
O *Hyper Hyper Value*
I orwedd yn fy nghrud.

Fe dalodd Dadi bunten –
Y fargen ore 'rioed;
Mae Persi'n werth bob ceiniog
O'i gorun lawr i'w droed.

Roedd Persi'n dod i bobman,
Bob gwyliau braf a thaith,
Ond ddaeth e ddim i'r ysgol –
'So Persi'n hoffi gwaith.

Un tro 'rôl paned goffi
A brechdan o'r 'Sieff Bach',
Pum munud lawr y draffordd
Daeth sŵn fel sgrechen gwrach:

'O Mami, Mami, Mami,
Ble mae'r hen Persi nawr?'
Troi rownd oedd raid i ninnau
A'i achub cyn y wawr.

Fe es i mewn i'r sbyty
Am opyrêshyn fawr;
Roedd Persi yno'n gyson
Bob munud o bob awr.

Un dydd fe af i'r coleg,
'Sai eisiau edrych 'nôl
Ond a' i ddim heb Persi –
'Sdim isie bod yn ffôl!

Ond gwell i mi gyfaddef
I chi a fi fy hun
Mai fe yw fy ffrind gore:
Mae'n well hyd nawr na dyn.

A'r dydd y gwnaf i briodi,
Cael modrwy 'nghariad i –
Yn saff o dan fy nghesail
Bydd Persi'r pengwin du.

Gwenno Dafydd